A PESAR DE LOS AVIONES

Textos	Diego Ojeda
Prólogo	Marwan
Epílogo	Fernando Lucini
Diseño y composición de textos	Cristina Reina
Ilustración	Cristina Reina
Fotografía	Ivan Martínez
Número de edición	Cuarta edición
Fecha de edición	Septiembre, 2015
@edición	Frida ediciones
Isbn	978-84-942686-3-2
Depósito legal	M-19496-2014

PRÓLOGO
MARWAN
OTRAS VIDAS

Conocí a Diego en otra vida, eso es lo único que sé, sólo que no lo recuerdo. Según me contó él, éramos dos niños muy pequeños dentro de un orfanato, dos niños con problemas de expresión que se comunicaban de un modo muy sencillo: abrazándose el uno al otro. Así éramos; dos niños que no se comunicaban con nadie más y no hacían otra cosa que abrazarse y abrazarse. Entenderán entonces por qué abrazar a Diego es como volver a casa. Deberían probarlo, quien lo ha hecho no ha encontrado nada igual.

Hay personas que a su paso van dejando una estela de reproches y relaciones rotas y que cuentan sus apariciones por malentendidos en el mejor de los casos y por desencantos en la mayoría de ellos. Otras personas, entre las que andamos la mayoría, viajamos de un rato a otro entre la luz y la sombra, casi siempre con más luz que sombra, cada uno en su camino haciendo lo posible por mejorar el mundo pero equivocándonos a menudo. Y luego hay un tercer grupo, que es donde me encontré yo a Diego, en la ciudad de la bondad permanente. Se trata de personas que, en lugar de dejar torceduras y ortigas, a cada encuentro te ofrecen un corazón a plazo fijo. Así es él. Diego lo deja todo más limpio, mejor situado. Quien no sea capaz de verlo es porque quizá no pueda entender que él no tiene doble fondo, que lo da porque sí, por verte feliz, porque se le sale la luz de los bolsillos y no conoce otro camino. Decía Ernst Jünger que la verdadera medida del valor que poseemos es el crecimiento que los demás experimentan merced a la fuerza de nuestro amor. Y eso es lo que hace Diego, entregar su luz para alumbrar tu camino, con su sonrisa bonachona de chico tristefeliz (como diría nuestro amigo Luis Ramiro), con ese aire de adulto que no abandonó del todo la adolescencia, con ese aire de adolescente que ha vivido demasiado para su edad pero que no sabe del todo ser adulto, quizá porque los adultos a veces lo llenan todo de cerraduras y él, a pesar del dolor o la inseguridad, siempre condujo sin airbag, por el placer de conducir, de vivir.

Como también tengo que hablar de esta vida actual, os contaré que Diego y yo (a pesar de los aviones) también nos conocíamos antes de conocernos. Él vivía en Las Palmas y yo en esta ciudad que le esperaba con las piernas abiertas: Madrid. Habíamos tenido noticias el uno del otro a través Internet, intercambiamos algunos mails, palabras amables. Desde ese primer contacto han pasado 7 años y ahora, mientras este invierno de 2012 cruza frente al ordenador, al echar la vista atrás, pienso en aquella época y también tengo la sensación de que sucedió en otra vida porque hace ya mucho tiempo que no concibo Madrid ni la vida ni la poesía sin Diego. Se confirma así la teoría de que un amigo que te abraza te cambia la vida. O te la devuelve, que viene a ser lo mismo.

Lo mismo sucede con estos poemas. Al leerlos uno tiene la sensación de haberlos vivido ya, de haber sido Diego en otra vida (o en esta). En este libro se encuentran todos los lugares, todos los sentimientos, todas las personas. Diego es todos los hombres. Pero si algo hay en este libro son todas las relaciones. Todas caben en estas páginas, excepto las relaciones engullidas por la costumbre (Diego es alérgico a la rutina). Te encontrarás en estas páginas relaciones rotas (terminales en llamas), amores que se inician (despegues), rupturas precipitadas (aterrizajes forzosos), despedidas (puertas de embarque), abrazos sin dolor (chalecos salvavidas), mujeres imposibles (azafatas inalcanzables de piernas infinitas), emociones que se desentierran para aprender las causas del fracaso (cajas negras), amores perfectos (vuelos sin ninguna turbulencia), llamadas a deshora (vuelos que llegan con demasiado retraso) y reencuentros (terminal de llegadas). Aquí esta todo, como en un aeropuerto, lo mismo que en un avión, igual que en la vida: todo.

Hablemos de cada parte de este libro, de cada parte de Diego. A Diego los aterrizajes forzosos lo dejaron en país de nadie, en esos lugares donde la vida no permite que corras a la biblioteca para devolver una historia de amor, historias que lo dejaron sentado sólo en un bar, desayunando tristeza con melancolía, asistiendo a sus propios castings donde él nunca era elegido. La soledad le soltó en la calle equivocada, una isla de un metro ochenta de alto, todo agua alrededor y él sin barco. ¿Cómo iba a imaginarse que en una mujer podía hacer tanto frío? ¿Cómo iba a saber que acostarse con el pasado era un malentendido al cuadrado? Pues sólo de un modo: VIVIENDO, así, en mayúsculas porque esas cosas nadie viene sabiéndolas de otra vida. De estos choques, de estos sentimientos, de torres de control vacías nace "Velocidad de no retorno", la primera sección del libro.

La celebración de esa vida viene en la segunda parte de este libro: Equipaje de mano. Como en la canción de "Aquellas pequeñas cosas" de Serrat, entre el ruido de los días, en medio de la velocidad atroz de este mundo actual siempre hay un lugar, un papel en un cajón o un abrazo de reserva que te salva. Pequeñas cosas como una botella de vino a medias, pequeñas cosas como la elección de la poesía como medio de transporte; papel, lápiz y un botiquín para seguir en el camino, magullado pero más feliz que nunca. Supongo que cuando leáis ésta sección comprobaréis que aquellas pequeñas cosas de las que aquí habla Diego no son, quizá, tan pequeñas, sino que pueden ser el motivo que sostenga en pie una vida, el motivo para seguir caminando, para que todo merezca la pena. Tras asumir en el anterior capítulo que los poetas somos una parte del invierno, aquí Diego firma un convenio con sus aeropuertos y sus despedidas y le es devuelto parte de lo que había perdido en otras vidas menos amables.

Pero a él lo que le gusta es volar sin motor, a poder ser entre las mantas, a poder ser junto a un cuerpo, a poder ser junto al de ella. No podemos entenderle sin atender a esto. Así lo reconoce éste libro en su tercera terminal: Chaleco salvavidas. Amor en bruto, amor sin cerraduras, amor sin intereses, amor con cara de niño que se sube a tu cama y pega un millón de saltos sobre tu colchón. Amor. Amor y tirantes que caen como aves desmayadas, el ruido de sus tacones por tu casa, abrazos que no duelen, abrazos que traen toda la analgesia, caminar lejos de esta rutina de lunes manchados, caminar lejos del borde infectado de las despedidas, asomarse al balcón de los encuentros, mandar un arsenal contra el olvido, malvender toda la pena y con lo que se saque comprarse dos billetes para volar hasta el otro lado del océano a bordo de un avión de papel y ver desde allí que hay cosas, gestos, que no son provisionales, y no lo son porque el amor que alguna vez fue se queda para siempre, aunque nunca vuelva, aunque vivas otras cien vidas, cada amor deja un cerco imborrable en la superficie de la memoria. Hay amores que no son prisa ni prosa sino pura poesía.

Antes de marcharse Diego da la estocada final a estas páginas con una tonelada de esperanza en cada mano. A veces hay que buscar una Salida de emergencia, soñar con otros paisajes donde el fracaso y la injusticia sean dos calles cortadas, imaginar que las noticias del periódico de ayer simplemente eran mentira, soñar que los políticos hacen caso y comienzan a leer las viñetas de Forges, que no hubiera mujeres con las mejillas marcadas, que nuestros mayores sueños no sufrieran otro maldito gatillazo. A veces uno quisiera que este mundo no estuviera en cuidados intensivos, que no hubiera derechas ni izquierdas sino derechos y empatías y a uno le gustaría que se llamara a cada cosa por su nombre, decirle dictador a los banqueros y saqueador al presidente de la patronal. Uno quisiera simplemente que las políticas actuales no buscaran enjaularnos sino darnos alas. Y así, de este modo, volvemos a eso de lo que hemos estado hablando desde el principio, a uno le gustaría que no estuviera todo escrito, vivir, aunque fuera por un día, en un mundo más sensible al dolor y la desgracia ajena, que vivamos, en definitiva, otra vida, una de las muchas posibles que esconde el mundo y que sólo tendremos cuando la ética llegue al poder.

Marwan

Madrid, 7 de marzo de 2012

TODOS LOS POEMAS DE ESTE LIBRO ESTÁN ESCRITOS EN AVIONES,
ENTRE DOS CIUDADES,
EN ALGÚN LUGAR A MÁS DE 30.000 PIES DEL SUELO.

Hay un momento en que el pasado es porvenir.
Ése es mi instante.
JUAN RAMÓN JIMÉNEZ

El avión desciende,
los pilotos invisibles
se aligeran de su jardín nocturno,
después estrujan una luz breve
bajo la axila del aparato
para indicar que han terminado.
Ya no queda más que recoger
el tesoro desperdigado.
Igual que el poeta
RENÉ CHAR

Los aeropuertos son una parte de las despedidas.
MARWAN

NO ES LA ILUSIÓN DE UN PRINCIPIO,
ES EL PRINCIPIO DE TODO.

A mis padres, Diego y Teresa,
a pesar de la distancia.

Marwan y Marta Zubiría,
todos estos versos también son vuestros.

Confesiones

Soy un tipo con suerte.
Creo en la ternura, en la luz
y en la memoria de todos los olvidos.
Soy un pájaro que vuela con mar,
viento de ayer sin dirección,
soy el cielo de Madrid.

Tengo un pasado insomne.
He dormido en algunos corazones,
he sido adicto a los dramas,
he dejado amores sin usar
por miedo a cumplir promesas que nunca hice.

El tiempo lo cura todo
pero yo nunca olvidaré el dolor
que me costó sacar a esa mujer de mis cuadernos.
Deseaba que se perdiera y que volviera a llamarme,
que me matara y volver a buscarla.
Tarde más de un año
en quitarme del cuerpo
el olor de aquel verano,
en volver a dormir solo
en una cama para dos.

Durante un tiempo
pagué exceso de equipaje
en todos los aeropuertos,
mi tendencia a recordar sólo lo bueno
no me ayudaba a desprenderme

de todos los escombros que dejamos
en cada una de las letras
del nombre de nuestra calle.

Para olvidar
hice mil escalas en otros cuerpos,
me convertí en enemigo de la abstinencia,
acompañante nocturno de algunos tirantes.

Mi estabilidad emocional
era un ave migratoria
y algunas canciones dejaron cicatrices.

En todas las tarjetas de embarque
figuraba mi DNI
pero a veces no fui yo
quien tomó esos aviones.

Entres tantos vuelos,
entre tantas turbulencias con otros cuerpos,
un día tomé tierra
en los brazos de una mujer llena de ventanas.
Decidí quedarme a vivir.

Fue la arena de mi playa,
mi hogar,
mi accidente
y nos amamos más allá de la distancia.

Luego nos tocó asumir las diferencias,
otras franjas horarias de vida,
—ella amanecía y yo estaba anocheciendo—
siempre una hora menos,
los nueve meses imposibles.

Éste es el resumen
de mis tres últimos años.

Hoy comienza un nuevo viaje.

Todos los detalles del pasado
están en este libro.

Abril 2011
Tenerife > Madrid
Terminado en tierra
19 de Febrero 2012

Como el náufrago, que viendo la nave arder,
no se otorga ni a las aguas ni al incendio.
Gabriel Bocángel

La palabra distancia cambia con los kilómetros,
y la palabra amor con las heridas.
Benjamín Prado

Si amas, sufres,
si no amas, enfermas
Freud

VELOCIDAD DE NO RETORNO

La soledad de los aeropuertos

Las maletas se van antes que uno.
RAFAEL ALBERTI

Yo siempre vengo de otro sitio.
Con el alma desgastada
de caminar hacia ninguna parte,
vuelvo a facturar mis miedos en otra terminal.

Puertas de embarque que huelen a fotos amarillas,
ciudades en las que fui feliz.

Hoy viajo más solo que nunca
sobre este archipiélago de dudas
que es mi vida,
sobre este país olvidado
que es una herida,
sobre mi propio destino
que es migratorio.

También busco respuestas en otros nombres,
mientras en tu vida es invierno y arde tu cuerpo
en este aeropuerto es verano y tengo frío.

Marzo 2011
Madrid > Sevilla

Aquella tarde

Te contaba que mi abuela siempre decía
que las mujeres de manos calientes
son amores para siempre
y las mujeres de manos frías
son amores para un día.

Aquella tarde nos desnudamos
sin llegar a quitarnos la ropa,
en una casa prestada en la playa
tras la sombra de un antiguo edificio
que nos precintaba las vistas al mar.

Hablamos del pasado y cocinamos,
te robaba comida del plato
y en mi irremediable manía de anticiparme,
yo ya estaba haciendo planes en tu boca.

Ahora recuerdo,
decías que los mejores platos
se cocinan a fuego lento,
y tú, con las manos frías.

Septiembre 2010
Gran Canaria > Madrid

Sábanas heridas

Algunas noches
son como un circo abandonado
entre bloques de cemento,
como el reloj del vigilante nocturno
de aquella urbanización
en obras de tu barrio,
como un colegio vacío,
como el aire de una habitación
donde una pareja se acaba.

Entonces,
le hago un torniquete
a los recuerdos
y
apago
la luz.

Octubre 2010
Madrid > Tenerife

Bandeja de entrada

Cuídate si vas herido,
de las heridas que han dejado de sangrar.
FELIPE BENÍTEZ REYES

Vi tu nombre en la bandeja de entrada
y empecé a medir el tiempo en latidos,
como si un dios salvaje gobernara mi pecho
busqué un taxi en dirección prohibida.

Llamaste al pasado a cobro revertido
y te lleve un corazón a domicilio.

No hicimos preguntas
y pusimos sordina a nuestras heridas
para que no hablasen por nosotros.

A la mañana siguiente
desayunamos desnudos,
faltamos al trabajo,
hicimos inventario de nuestras despedidas
y nos dimos cuenta
que ya era tarde para volver a empezar.

Ahora no me queda tabaco
y todas la canciones que duelen
llevan tu nombre.

¿Sabes?
Creo que me sobró
ese e-mail.

AGOSTO 2010
MADRID > BARCELONA

EFECTO DOMINÓ

Nuestra historia fue
como un efecto dominó
y aún no sé
quien
        tiró
la
                    primera
ficha.

DICIEMBRE 2011
ROMA > MADRID

Protagonistas

Lo nuestro fue como una serie de televisión
pero nos quedamos sin presupuesto para terminarla.
A ti siempre te tocaron los mejores diálogos,
la audiencia se puso de tu parte
y fuiste la actriz mejor pagada del año.
Yo en cambio pasé a tener un papel secundario.

Ahora me he convertido
en un director de castings baratos,
tengo miedo escénico
y voy probando mujeres por diferentes ciudades
esperando encontrarla,
a ella,
a mi musa,
la que me haga volver a la escena,
un cuerpo que redacte otro guión.

Interesadas:
adjuntar currículum del pasado
y una foto del futuro.

Noviembre 2010
Madrid > Gran Canaria

Como dos atletas

Fuimos tantas veces por la calle equivocada
que nunca aprendimos a correr
sin dejar de mirar atrás.

Nuestra historia se convirtió
en una carrera de fondo
entre el olvido y el recuerdo,
sin daños a terceros,
pero con la ilusión desgastada
y un esguince en el alma
fue imposible alcanzar nuevos tiempos
sin miedo a volver a tropezar.

Olvidamos medir la amplitud del riesgo
y fueron necesarias muchas caídas
para comprobar el tamaño del desastre.

Apostamos por nosotros y perdimos.
Lo nuestro fue una carrera de obstáculos
y nunca
llegamos a la meta.

Agosto 2011
Madrid > Toronto

La mujer halcón

Su vida es lo más parecido a un drama de Almodóvar,
pasa los días degollando margaritas del pasado
y es una experta en ponerle máscaras al corazón.
Desayuna tristeza con melancolía,
almuerza furia y soledad
y cena cada noche su propia vida tragada a tropezones.

Antes de que conjugáramos
en todos los pretéritos el verbo olvidar
pasamos meses jugando al escondite con nosotros mismos,
pero cuando reviso las fotografías de aquel año
tropiezo con la estampa de un tipo al que no reconozco
y la de una chica a la que hubiese preferido no conocer.

Ya no quedan lugares comunes
a los que regresar juntos
porque nunca existieron.

En resumen,
ésta es la mujer que me dejó más arañazos
y con la que nunca fue posible
conjugar los verbos más felices.

Abril 2011
Madrid >Tenerife

En la biblioteca

Fuimos los protagonistas
pero acabamos viviendo en páginas diferentes
de nuestra propia novela.
Mañana iré a la biblioteca
decidido a devolver nuestra historia.

Abril 2011
Madrid > Lanzarote

IMPRUDENTES

Subimos el volumen del sudor.
Bajamos las persianas
para que afuera
siguiera siendo de noche.

A las seis de la mañana
nos echaron de aquel bar
para amantes sin futuro,
y borrachos de deseo,
buscando un equilibrio,
nos vestimos de incendio e imprudencia.

Ya no podremos reemplazar un hubiera,
sólo nos queda
asumir el fracaso del olvido,
esta herida sin costura
y el error
de volver a acostarnos con nuestro pasado.

AGOSTO 2011
TORONTO > DF

Las dos botellas

La primera noche que pasamos juntos
tú pusiste la casa,
yo dos botellas de vino y una vida en blanco.

Nos bebimos las botellas hasta el fondo
—igual que nuestros corazones—
y las guardamos para recordar cada día
quienes habíamos sido,
quienes queríamos seguir siendo.

Te empeñabas en mirar al futuro
con esa tendencia suicida de tus tacones
de matar lentamente el presente
y entonces llegaron temporales.

Los malentendidos convirtieron la casa en un invierno,
las botellas, esperando un abrazo en la estantería,
nos miraban desamparadas,
la cama parecía un país en guerra
y a ti siempre te encantaron los besos después de las peleas.

Un día en la puerta de casa
encontré las dos botellas rotas,
con ellas rompiste el verano, Madrid
y precintaron el bar en que nos conocimos.

Ahora voy olvidando fechas,
borrando la tristeza de las fotos
y pensando que nunca nos merecimos ese final.

Espero que te vaya bien
y recuerdes que eran dos botellas de vino Bermejo
que ironía
que rime con lejos

lejos

lejos

lejos

NOVIEMBRE 2010
SAN SEBASTIÁN > MADRID

Puntos suspensivos

Este poema que nunca terminaré
se parece a nosotros…

Julio 2011
Gran Canaria > Tenerife

Todos los jueves

Nuestro último intento fallido
fue una noche de viernes
de un ambiguo mes de enero.

Follamos como ángeles,
tal vez porque el deseo
tiene fecha de caducidad
aunque no nos atrevamos nunca
a darle la vuelta al envoltorio.

Después me llevaste a cenar
a uno de esos sitios a los que
sólo me dejarían entrar contigo.

Parecíamos felices
—como sacados de una canción de Sabina—
pero en el taxi de camino a tu barrio
la realidad nos dio una patada en la cara.
Me bajé a mitad de trayecto
mientras tú me gritabas
por la ventanilla de aquel 306
varado en mitad de la Castellana.

Antes del postre
nos pidieron nuestra dirección de correo
para informarnos semanalmente
de las promociones exclusivas,
para llenarnos los labios de citas posibles.

Desde hace dos años
todos los jueves se encargan
de recordármelo.
Es el mismo tiempo
que llevo sin verte,
y aún no he reunido el valor
para volver
y darme de baja.

FEBRERO 2012
MADRID > GRAN CANARIA

Pasiones

¿Y por qué se acaba la pasión?
—preguntó ella

Será porque las pilas del amor
no son recargables
y las pérdidas de aceite del corazón
siempre van a parar al estómago.

Será que con el paso del tiempo
nos hacemos expertos
en engañar a Cupido
cada catorce de febrero
mientras jugamos a desquerernos,
mientras vivimos a cuentagotas.

Tal vez habría que encontrar un bisturí
para diseccionar los miedos,
tender al sol la ropa de las ilusiones rotas
y la adolescencia que no tuvimos.

O quizás sea más sencillo
—respondió él—
y es que NADA
dura para SIEMPRE.

Noviembre 2011
Gran Canaria > Madrid

La riqueza de no haber encontrado
un lugar en el mundo.
J. VICENTE PIQUERAS

Aún es posible la felicidad de lo auténtico.
DEREK WALCOTT

La poesía es la capital
de un idioma sin centros.
GARCÍA MONTERO

EQUIPAJE DE MANO

Ciudad que habito

Madrid es una canción de Luis Ramiro,
una casa sin ventanas,
una esposa cansada de fingir.

Madrid es un poema de Benjamin Prado,
una calle cortada,
un corazón abierto veinticuatro horas,
una silla sin patas,
una playa de asfalto
y un cuerpo desnudo sin aduanas.

Madrid es una novela de Baricco,
un quince de Mayo,
esa chica que nunca volverá.
Un amanecer constante,
una cremallera sin salida
y un bar encendido en cada puerto.

Una estación de pasados interrumpidos,
un vagón de promesas sin viajeros,
un andén con destino a perder la inocencia.

No es la primera mujer
de la que me enamoré
pero si la que me ha regalado
los orgasmos más felices,
con ella conocí la locura,
el desvelo
y el miedo a no ser nadie.

Es un espacio único para el vuelo
donde los amantes se aman
y al día siguiente dudan de todo.

Es mi inseguridad.
Mi suerte.
Mi mentira.
Mi visión particular del paraíso
y del desastre.

Madrid cuelga del cielo
y es la ciudad que habito.

AGOSTO 2011
MADRID > TORONTO

Eva

No sé como puede vivir
quien no lleve a flor de piel
los recuerdos de su niñez.
MIGUEL DE UNAMUNO

Eva tiene un año,
los ojos azules y transparentes,
aún no conoce su pasado
y tiene cosquillas en los pies.

Comparte asiento conmigo
en este vuelo Oviedo-Madrid,
recostada en el regazo de su madre
no le preocupa el futuro.

Llora,
luego ríe
y no sabe que aunque haya días
que nunca acaban,
al final la vida es corta.

Yo le escondo mis heridas
porque no quiero que despierte
el ángel dormido que hay en su pecho.

Sus manos huelen a flores
y se han quedado pegadas a las mías.

Ella no lo sabe
pero creo que es feliz
Y yo también.

Noviembre 2010
Oviedo > Madrid

Sin un final

Adoro tus treinta y pocos
la casa oliendo a café,
el mar en tu ventana,
los fines de semana de sexo sin descanso.

Adoro esos ojos
que han llorado sin lágrimas
que me miran
diciéndome que es aquí donde debo estar.

Me gusta escucharte
hablar de tu pasado,
al que te quedaste abrazada
durante algunos años
esclava de todo aquello que no dijiste
antes del vacío de una ausencia.

Te hicieron sentir culpable
por intentar encontrar
tu lugar en el mundo,
pero tu corazón habló
y ellas escucharon.

Has tenido al alcance de tu mano
hombres seductores,
futuros fabricados a medida,
pero aceptaste cruzar el charco
de los sueños rotos

y descubriste el amor
por las pequeñas cosas.

Al igual que yo,
este humilde poema
no tiene muchas pretensiones,
bailar al ritmo que prefieras
y no buscar nunca
motivos para un final.

Febrero 2011
Gran Canaria > Madrid

Poema incompleto

A Marino Sáiz

Si la música tiene memoria,
no olvidará nunca tu nombre.

Y nosotros nunca olvidaremos
las lunas de tequila y el sol de agosto
escondido en algún hotel sin nombre del DF.

Siempre has guardado entre tus provisiones
las heridas necesarias,
viviendo la vida a medias
sintiendo que el mundo pasaba de largo
y no esperaba por ti.

Te rompieron las alas
y no perdiste el vuelo,
te bebiste la sed
y montaste un desierto,
olvidaste la dirección de su boca,
encontraste a tu futuro
descansando en otra cama
y lo invitaste a bailar
al compás de delicados pizzicatos.

Escucharte
es mirar de frente a la soledad,
es volver a casa,
recuperar esa sonrisa

que perdimos en otra vida,
lavarle la cara al alma.

Y aunque a veces lloramos
como llora un violín abandonado,
como lloran dos hombres
que al abrazarse sienten frío,
no tenemos motivos para no ser felices:
somos como niños desarmando puzles,
inventando el mundo.

Este poema está incompleto
pero seguiremos llenando la vida
de notas comunes,
de besos sin pausa,
de noches
que lleven tu nombre.

ABRIL 2011
LANZAROTE > MADRID

Adolescencia

Pero en aquel tiempo
crecer hubiera sido un crimen
ROBERTO BOLAÑO

La única ciudad
a la que nunca regresaré
se llama adolescencia.

En ella vi nevar durante varios veranos
y todos las tardes eran domingos desiertos de invierno.
Fui un personaje sin rostro
el jugador de ningún equipo
incapaz de dejar en el banquillo a la melancolía.

Deseaba salir de mis sueños
para poder vivirlos,
pero la realidad era tan aburrida
como entrar a un congreso de notarios,
la raya del pelo en la misa de los domingos,
las cuadrículas del cuaderno de matemáticas
o la hora de llegar a casa impuesta por mis padres.

A veces volaba con algunos versos,
con alguna canción de Ismael
o con el rostro de aquella chica vestida de cristal
con la que deseaba tener un accidente.

Me fui llenando de pájaros,
soñaba con tener barba
y me emborraché de mentiras
por miedo a reconocer mis defectos.

Con el tiempo he aprendido
que no es lo mismo ayer que mañana,
que las dudas son la razón del equilibrio,
la culpa un invento de la soledad
y los recuerdos una postal del pasado.

Diciembre 2011
Madrid > DF

Carpe Diem

A Marwan

Amigo mío,
debes andar libre de culpa,
taparle la boca a soledad
y dejar de tirar piedras
sobre tu propio tejado.

Aquella historia
fue como un dolor de muelas que te duró dos años,
pero ya es hora de lanzar contra el olvido
todos los residuos oxidados
que han ido contaminando la atmósfera de tu felicidad.

Somos expertos en cargar con pesos que no son nuestros,
nos cuesta caminar sin dejar de mirar atrás,
el miedo al amor que nunca nos abandona,
esa tendencia adictiva a la seducción,
corazones de silicona,
cuerpos de segunda mano,
noches de exceso
y de nuevo soledad.

Nada es eterno en el tiempo amigo mío
salvo este viaje que compartimos
hacia el país de la esperanza.
Con nuestro propio abecedario
escribiremos "Carpe diem" en una pancarta gigante
para andar con ella por la vida,

apagando el ruido
y encendiendo el silencio
donde habita la incertidumbre
de no saber qué pasará.

Quiero que cada beso parezca el primero,
que cada viaje parezca el último.

Nos espera la vida en esas copas.
Así que esta noche vamos a cerrar los bares
y mañana ya veremos.

FEBRERO 2011
GRAN CANARIA > MADRID

PAULA

Para Noelia y Pablo

Llegaste
cuando el verano
estaba cerrando sus puertas
e inerme entre mis brazos,
en el estreno de tu vida,
bailamos juntos
por primera vez
al compás de tus pequeños latidos.

Hoy no voy a hablarte
del tiempo y la distancia,
no voy a contarte
que a veces desconfío de todo,
ni que olvidar es tan difícil
como salir intacto del invierno.

Tu nombre
es el botón de mi suerte,
la alegría
tu cara despeinada
y tus ojos
el único lugar limpio en el mundo.

Aunque a veces la vida
sea como un barco varado
—desde el norte hasta el sur—
el mar de los sueños es nuestro.

ENERO 2012
GRAN CANARIA > MADRID

Poética

Se escribe
para aprender a escribir,
para aprender a vivir,
para aprender a aprender.
JORGE RIECHMANN

Escribir el mismo significado de otra forma,
abrirle la boca a las palabras
para poder leer la realidad,
llegar hasta donde no estamos
entrando y saliendo del cuerpo.
Descubrir nuestros mundos mas íntimos.

Hablar de lo mismo desde las dos orillas,
desenfocar el futuro
y mirar con zoom al pasado.

Entrar al verano en diciembre,
vivir en invierno dos años,
amanecer con los ojos mas limpios,
ser cobijo
y ser espejo.

Añadir fechas calendario,
pizzicatos de soledad,
orgasmos con o sin rima.

Es el verbo de un suspiro,
es una pena adoptada,
la salida de emergencia del dolor,
el más pacifico
de todos los lenguajes.

NOVIEMBRE 2011
GRAN CANARIA > MADRID

PRIMEROS AUXILIOS

Para escribir un poema:

    Papel,

            Lápiz

y un botiquín de primeros auxilios.

AGOSTO 2011
DF > TORONTO

Caminos

Para educar
uno tiene que llevar en el alma
un poco de marino,
un poco de pirata
y un poco de poeta
GABRIEL CELAYA

Educar
es ponerle música al invierno,
un amortiguador a las caídas,
un aplauso a lo imposible.

Educar
es estar siempre a principio de curso,
inventar nuevos puntos de partida,
no salvarse sin haberlo intentado.

Es caminar hacia el futuro
a cámara lenta,
darle la mano a la utopía,
y no dejar sueños pendientes.

Educar
es no abusar de la razón,
jugar al escondite
con la incertidumbre.
Es saber respirar debajo del agua
y borrar del diccionario
los verbos grises.

Es decidir,
invertir,
construir
y a veces sentir frío.

Es una escena que se repite
con distintos actores,
una inversión personal
en una sucursal de planes para una vida.
Es lo que nadie ve
pero todos necesitamos.

Educar
es atreverse a hacer equilibrio
sobre la línea del horizonte.

Con este poema
cumplo una promesa:
agradecer a todos los maestros,
profesores,
educadores,
compañeros
y alumnos
que me enseñaron y me enseñan
que educar es simplemente mostrar caminos,
quitarle la ropa a la vida,
taparle la boca al miedo,
ser un buen compañero de viaje.

FEBRERO 2012
MADRID > GRAN CANARIA

Sólo aquel que acepta el vértigo
se merece las cimas.
Benjamín Prado

Viajar a Marte
o al cuarto de la plancha.
Pero contigo.
Luis Alberto De Cuenca

Y en el vuelo improvisamos este amor
y nos sentimos trapecistas.
Miguel Inzunza

CHALECO SALVAVIDAS

Cansado de trayectos cortos
viajando a dedo de cuerpo en cuerpo,
hoy busco un beso de largo recorrido.

Mayo 2011
Barcelona > Madrid

Tal vez

Tal vez
lo más fácil sería echarle la culpa al vino,
a las canciones,
al momento.

Quizás
la certeza de saber
que los daños del día después
estarían silenciados
por kilómetros de palabras,
besos y mensajes,
fue un columpio hasta mis labios.

Llegaste,
—yo no te esperaba—
y aunque los gestos siempre son provisionales
volví a ver en tus ojos puertas abiertas.
La noche se rendía en tus pupilas.

El deseo se abrió de piernas entre nosotros
y después de aparcar nuestros corazones
en un pozo cerca del océano,
desaté mis manos, tus botones
y te robé la ropa de más que te puso el invierno.

Hoy no busco respuestas
y lo que más me gusta de ti
es todo lo que no sé.

Tampoco busco que entre nosotros
se escriba la palabra parasiempre,
pero espero que uno de estos días
tal vez tropieces con mi ausencia,
y decidas llamarme
cuando no te esté esperando.

Noviembre 2010
Gran Canaria > Madrid

Atracciones

El deseo no se fabrica
la atracción física no se compra
pero las ganas de volver a volar
de preguntarle al mundo por la vida
de entrar en laberintos de emociones
¿cuántas veces se produce con una persona?

quizás exista un ángel
destinado a cada uno de nosotros
y será cuestión de tiempo
que asista en nuestra búsqueda

como en las tensiones dramáticas
de las mejores historias cinematográficas
como en nuestras insoportables levedades
el protagonista siempre quiere aquello que no necesita
y necesita aquello que no quiere querer

suele suceder
como un duelo a vida y muerte
entre la esperanza y el miedo

Diciembre 2010
Madrid > Gran Canaria

No te defiendas de mí

No pretendo sumergirme en esta historia
hasta acabar ahogándonos.
No quiero robarte el tiempo
ni llevarte de la mano a probar el sabor del tedio.

Sé que lloras en las playas,
sueñas con revoluciones
y algunas tardes de domingo piensas en mí.

Noviembre 2010
Gran Canaria > Madrid

Por dentro

Hay personas que pasan por delante,
pero no por dentro
MARTA ZUBIRÍA

En estos meses
han pasado mujeres por delante,
algunas sin llegar a tocarme
aunque hayamos amanecidos sin ropa
sobre una misma soledad.

Al despedirme de ti
en mitad de aquella calle con olor a navidad,
me sentí como un tren abandonado
en una estación fantasma
y en ese instante lo supe:
tú ya estabas dentro.

Es cierto
qué despertamos
en el mismo colchón,
bajo las mismas sábanas,
pero ya lo decía Tomás:
dormir y acostarse con una mujer
son dos pasiones distintas
y casi contradictorias.

Hicimos bien
en no escondernos los rotos,
de alguna manera

los dos estamos esperando
que el tiempo nos saque sus espinas.

Ahora se ha quedado esta ciudad
atrapada en un abrazo,
tú dices que es posible
sobornar al destino,
para verte
yo ya tengo un catalejo.

DICIEMBRE 2010
MADRID > GRAN CANARIA

Entre nosotros

No
hay
prisa

no
hay
prosa

entre
tú
y
yo
sólo
hay
p
o
e
s
í
a

Julio 2011
Tenerife > Gran Canaria

Miércoles dormido

No te miento al decirte
que no contaba con esto.
No ha sido necesario
darle muchas vueltas,
pero si mi corazón pensara
saldría corriendo de mi cuerpo.

No quiero caer en la trampa
de jugar a ser felices,
quiero una pasión sin calendarios,
pedalear en contra del invierno,
apagar las sombras
y sentirnos cada noche
como dos adolescentes
en su primer baile de graduación.

Necesito intensidad
en esta alegría compartida
que acabamos de inaugurar,
necesito que nuestra historia
sea como una isla desierta
sin mares muertos que hablen del pasado,
sin aduanas de sal
a pesar de los kilómetros,
sin miércoles dormidos por la prisa
ni confesiones inoportunas.

Tengo en mi cabeza
un poema que aún no he escrito
y quiero que me ayudes a encontrarlo.

No te miento al decirte
que no contaba con esto,
pero no me pidas nunca
que me acostumbre.

Enero 2011
Madrid > Tenerife

Cambio de pantalla

Luego lo supe:
ser libre no es igual que ser feliz
KARMELO IRIBARREN

Debo explicarle a mis amantes
que han perdido el derecho de admisión,
cambiar las sábanas,
dejar de buscar lo que no soy
y empezar a componer un álbum
con presentes que hablen de futuro.

Viví durante un año en una calle
con dirección prohibida al amor
y aunque es cierto que lo que existe
sólo ocurre en el presente,
aprendí que hay cosas
que se van
y no vuelven.

Ahora que la toalla
huele a nosotros
quiero que te quedes
y cambiarle el fondo de pantalla a la rutina.

Enero 2011
Tenerife > Madrid

Para volver

Ahora que conozco la calle en la que vives
la cicatriz que hay entre tus pechos
la matrícula de tu cuerpo
los ojos con que riegas tu bonsái
la talla de tus vaqueros

ahora que le hemos roto el parachoques a la soledad
me tengo que marchar

pero sabré volver
porque me llama la geografía de nuestra felicidad
y todos los suspiros que caben en la palabra porvenir

Enero 2011
Madrid > Valencia

Geometría

La historia es circular
y la felicidad un triángulo de cuatro lados.
Nunca podré calcular
el diámetro de nuestros abrazos
ni la fórmula que resuelve
el perímetro de cada despedida.

Convertir en centímetros
los kilómetros cuadrados que separan nuestras superficies,
trazar una línea infinita entre nuestros pasos,
recorrer el ángulo recto de tu cuerpo,
pulir nuestras aristas,
olvidar los polígonos oscuros
que habitamos en otros cuerpos,
en otros nombres,
en otros verbos,
en otros meses donde sólo buscábamos
un lugar seguro en cualquier cuerpo.
Hacer de la cama un cuadrilátero de derroche,
un área restringida de suspiros y silencio.

Éstas son las coordenadas
de nuestra propia geometría perfecta,
la distancia más corta entre dos puntos
que da nombre a todo lo que no existe.

Junio 2011
Madrid > Gran Canaria

Paracaídas

Y los dos,
aún teníamos las manos magulladas
de amores anteriores
PEDRO ANDREU

Amor, tengo miedo a las alturas,
vértigo de perdernos
hipotecados en una comodidad de temporada.

Nuestra historia se escribe con nombre propio
y siempre llega tarde a su cita con la rutina.

No vamos a conformarnos
con vivir sin querer
la vida que hemos tenido,
vamos a vivir
sabiendo que ésta es la vida
que hemos soñado.

Ahora vuelve a ponerte
ese vestido blanco de tus dieciséis
sobre este cuerpo de tus treinta y dos,
y salgamos sin miedo a la calle
para incendiar de futuros la ciudad,
mandando a la hoguera
esos días en que vivir fue desierto.

Amor, tengo miedo a las alturas,
pero no quiero paracaídas.

Mayo 2011
Madrid > Barcelona

Casi otoño

Branquias quisiera tener…
… mi novia vive en el mar
RAFAEL ALBERTI

Ya dejé atrás la isla.
La hora menos.
El azul de las tardes de verano.

Hoy tengo la mirada clara.
Piel de mar.
Y más ganas que ayer
de volver a follarte
cubierta de salitre.

Guardé en la maleta
el océano que encontré entre tus piernas,
la humedad marina de tu cama,
el dorado del sol de agosto en tus pechos.

Te voy a esperar sentado
sobre los versos de sal de este poema.

Ya casi es otoño,
no tardes.

Julio 2011
Gran Canaria > Madrid

A pesar de los aviones

A pesar de los aviones,
de mi alergia a los aeropuertos,
del sudor amargo de las esperas,
de la dictadura del tiempo,
vuelvo a aterrizar en tu cuerpo
y siempre parece la primera vez.

Llego despistado,
cargando una maleta de dudas
que dejo olvidada en la terminal
cuando apareces tapándome la boca con tus besos.

Tu pelo son olas,
tu piel viento
y mi vida la esperanza de un verano
sin puertas de embarque hacia ningún lugar.

Mientras tanto regreso
y le hablo a mis amigos
de una mujer que huele a mar.

Abril 2011
Madrid > Tenerife

Despedida en el aeropuerto

Lo había visto en las películas,
en Barajas,
en el Charles de Gaulle,
pero siempre
como el que observa
una fotografía desde fuera.

Enero 2011
Gran Canaria > Madrid

hoy no me interesa
la seguridad
solo vivir cada presente descifrar el tal vez
que duerme entre nosotros
descubrir a que temperatura
arden los sentimientos

volver a despeinarte
y seguir dejando sábanas
oliendo a sudor mutuo

Cuando las cosas van mal
la gente vuelve a la calidad.
JORGE RIECHMANN

Quiero un cielo bien celeste aunque me cueste.
De verdad, no cielo de postal.
MARÍA ELENA WALSH

En 1942
un aviador de las fuerzas aliadas,
viendo el mundo desde arriba,
no entendía nada.
En 2012
un piloto de Iberia
rumbo a Canarias,
sigue sin entenderlo.
ALEJANDRA GUZMÁN

SALIDA DE EMERGENCIA

Hoy quiero un país mas libre,
sin anestesias y ansiolíticos,
sin barreras y cansancio,
sin dolor en la memoria.

Quiero una ciudad sin tiempo,
sin melancolía y angustia,
sin gritos y frustraciones,
sin sobredosis de mentiras.

Hoy no voy a resignarme
pensando que las cosas
podían haber sido mejor de otro modo.
No voy aceptar la dictadura de las urnas,
la amenaza de la telediarios
ni el invierno de los mercados.

Hoy voy a quemar todas las banderas
y voy a reiniciar algún principio,
hoy voy a rimar con el arte
mi corazón republicano,
que baila mejor de noche,
que se columpia entre la cordura
y el instinto,
que entiende de despedidas,
de dudas,
de pecados,
del morbo de la aventura.

Que una revolución es un acantilado,
igual que una página en blanco
para un poema.

DICIEMBRE 2011
MADRID > ROMA

Ese año tampoco

El viaje a París
el parquet del salón
el cine en casa
las letras del coche
los aparatos del niño
los muebles de la cocina
la casa del pueblo
las vacaciones en la playa.

El viaje a Canarias
los estudios de la niña
la derrama de la comunidad
la moto con la que siempre soñé
los deudas con tu hermana
el móvil de última generación
la jubilación de mis padres
la cama de látex y espejos nuevos.

El viaje a La Patagonia
el vestido que nunca te has puesto
los pechos de silicona
el seguro privado
el del coche
el de la vida
la hipoteca
los préstamos pendientes.
Ese año
tampoco descorchamos el champán

un veintidós de diciembre
pero seguimos luchando juntos,
hemos aprendido a viajar sin movernos del sofá,
conservamos la fortuna
de seguir siendo felices
y el privilegio diario
de estar vivos.

Diciembre 2010
Madrid > Gran Canari

Autoridades sanitarias

Las autoridades sanitarias
advierten de los daños perjudiciales para la salud

¿y de la soledad?

¿la gente gris?

¿los amores de rebajas?

¿las falsas promesas?

¿los futuros caducados?

¿los pasados inacabados?

¿los sueños perdidos?

¿los silencios cobardes?

¿los orgasmos fingidos?

¿los desiertos personales?

¿la rutina?

¿la tristeza?

¿De esto nadie nos advierte?

Creo que voy a encenderme un cigarrillo

Diciembre 2010
Madrid > Oviedo

CRISIS

En los peores momentos
encontramos
las mejores soluciones.

FEBRERO 2012
GRAN CANARIA > MADRID

ADN

Los rostros de nuestros padres
reflejan nuestros miedos y sus fracasos.

Algunas noches me quedo a solas conmigo mismo
y me encuentro con el enemigo que todos llevamos dentro.
No es fácil,
pero he aprendido que la mejor respuesta
es mirarlo de frente,
aceptar la luz
como moneda de cambio
y recuperar el tiempo perdido.

Los rostros de nuestros padres
reflejan nuestros miedos y sus fracasos,
pero aún estamos a tiempo
de darle la vuelta al marcador.

Enero 2012
DF > Madrid

Cuidados intensivos

Esta mañana desperté acojonado
mirando al mundo,
es lo más parecido
a la planta de cuidados intensivos
del hospital de la ciudad,
sistemas económicos en coma,
la izquierda sin esperanza de vida,
hijos bastardos de la injusticia
que se multiplican por días
como un virus letal sin antídoto,
políticos que juran tener las respuestas
pero olvidan las preguntas
perdidos en el camino de la hipocresía,
como pésimos actores,
como artistas fracasados,
como estudiantes en verano.

Siempre suspensos,
siempre septiembre.

Julio 2011
Lanzarote > Gran Canaria

Estaciones

Y aunque disguste el final
la vida no devuelve el importe de las entradas
JUAN JOSÉ TÉLLEZ

Se marchó el verano
y como todos los septiembres
recibimos a octubre
intentado adivinar
todo lo que no nos dice el tiempo.

Como esperando algo que nunca llegara
los árboles se quedan mudos
y nosotros con menos pelo
comenzamos a buscar motivos necesarios
para volver a desembalar cajas y deseos,
abrigos y tonos grises,
deshojando los recuerdos,
antes de que lleguen esos días
en que el otoño se deja seducir por el invierno
y de repente parece que va llover para siempre.

Confieso mis temblores cuando llega el frío.
Cualquier ausencia se vuelve mas agresiva,
unas manos se llevan a escondidas el sol
y la ciudad se vuelve imposible.

Febrero es un mes fantasma
y abril nos devuelve la esperanza.
La primavera tiene la forma de tus pechos
y se abren flores en nuestro nombre.

Reviven miedos de la infancia
alergias a lo desconocido,
nos llenamos de jardines,
nos perdemos en el fondo de todos los paisajes
y Madrid siempre es la mas hermosa.

En mayo de cualquier calendario
empiezan los planes dorados,
me sueño contigo desnudo en la orilla
y nos sentimos menos solos que nunca.

Pasaran amores fugaces
y amistades eternas
que bajo una tormenta de agosto
en Oporto, DF o La Habana
romperán con guiones impuestos por otros.
Salir del verano es no volver nunca del todo.

Como un tsunami,
como una ruleta,
la vida es una estación
imposible de detener,
hasta que se para.

AGOSTO 2011
TORONTO > MADRID

Escuela de idiomas

Me di de baja
en la escuela de idiomas,
nunca aprenderé
el lenguaje
de las despedidas.

Abril 2011
Tenerife > Madrid

Dejo libre de versos estas líneas,
la última página de mi vida
quiero
escribirla
contigo.

EPÍLOGO

FERNANDO GONZÁLEZ LUCINI

Volar, o al menos soñar apasionantemente con volar, es necesario; yo diría que imprescindible. Ya lo afirmó Fernando Sabater: «Si soñamos con volar, es que vamos a volar, es que debemos volar»; afirmación que comparto, y que ahora Diego Ojeda viene a reafirmarnos en su obra poética "A pesar de los aviones".

Es cierto que volar en aviones no es igual que hacerlo –si nos fuera posible– con nuestras propias alas, –ya me habría gustado a mí haber nacido con alas–; pero, a pesar de ello –«a pesar de los aviones» y, curiosamente, «en los aviones»–, Diego ha echado a volar su pasión por la escritura y como resultado surge este poemario, en cuatro tiempos, que es, en realidad, como una «carta de navegación aérea» en la que destacan dos coordenadas de muy profunda y comprometida humanidad.

La primera de esas coordenadas es la decisión adoptada por Diego, en sus poemas, de remontarse –con extraordinaria sensibilidad y lucidez– sobre su realidad más íntima de amores y de rupturas; de encuentros y de soledades; o de latidos y pasiones idas que no tienen retorno. Es como si Diego, mi amigo Diego, desde allá arriba, entre las nubes, volando sobre sus propios «archipiélagos de dudas», hubiera decidido –consiguiéndolo– dominar, sin miedo, cualquier tipo de turbulencia. (A fin de cuentas el miedo se amortigua cuando –como es su caso– uno cuenta con un buen "chaleco salvavidas" habitado de "querencias" fiables, fieles y siempre dispuestas a la ternura. La mía entre ellas).

La segunda coordenada entre la que discurren los poemas que Diego nos ofrece en este libro, desborda planes y proyectos de urgencia para poner en práctica, sin perder ni un segundo, nada más concluir el aterrizaje: «Romper el parachoques de la soledad» y «vestirse de incendios e imprudencias»... «Darle la mano a la utopía y no dejar sueños pendientes».... «Soñar con revoluciones y medir el tiempo en latidos»... «Borrar los verbos grises y abrirle la boca a las palabras»... O «ponerle amortiguadores a las caídas y buscar besos de largo recorrido»... Coordenada que resulta entusiasmante y que refuerza con rotundidad un "derecho humano" que no figura en la Declaración Universal, pero que somos muchos los que no nos cansamos de reivindicarlo: el derecho a la esperanza... «Nada es eterno en el tiempo amigo mío –escribe Diego– salvo este viaje que compartimos hacia el país de la esperanza».

ÍNDICE

WWW.FRIDAEDICIONES.COM
WWW.DIEGOOJEDA.COM